AF357849

23 juillet 1862

(C.+C.S)

V

CATALOGUE

DE LIVRES

De Sciences, de Littérature et d'Histoire

LIVRES A FIGURES

ESTAMPES, ETC.

DE LA BIBLIOTHÈQUE

De Feu M. STORDEUR

DONT LA VENTE AURA LIEU

EN SON DOMICILE

Rue de la Monnaie, 11

LE MERCREDI 23 JUILLET 1862

A MIDI

Par le ministère de Me **BOULLAND**, Commissaire-Priseur,
rue de la Monnaie, 10,

Et de Me **BÉGUIN**, son Confrère, rue de Provence, 48.

PARIS

EUG. MEUGNOT, LIBRAIRE
Quai Conti, 7.

1862

CONDITIONS DE LA VENTE

Elle sera faite au comptant.

Les Acquéreurs paieront en sus des adjudications, CINQ CENTIMES PAR FRANC applicables aux frais.

DÉSIGNATION DES LIVRES

1. Histoire de l'Ancien Testament et du Nouveau, etc , par Derome. *Paris*, 1835 ; 2 vol. gr. in-8 br., *figures.*
2. Les Saints Évangiles, édition de Curmer. *Paris*, 1836 ; 2 vol. gr. in-8 br., *figures.*
3. Les Évangiles, trad. par Lemaistre de Sacy. *Paris, Dubochet*, 1838 ; gr. in-8 br., *figures.*
4. Livre d'Heures, Heures nouvelles, Paroissien complet, latin-français, par l'abbé d'Assance. *Paris, Curmer,* 1841 ; in-8 mar. noir, fil. tr. dor., étui, *figures et encadrements.*
5. Imitation de Jésus-Christ, traduite par de Genoude. *Paris*, 1835 ; 1 vol. gr. in-8 br., *figures.*
6. L'Imitation de la Sainte-Vierge. *Paris*, 1840 ; gr. in-8 br., *figures.*
7. La Vie de Jésus-Christ et des Apôtres, par Genoude. *Paris, Pourrat*, 1836 ; 2 vol. gr. in-8 br., figures.
8. Histoire du Christianisme, par de Potter. 1837 ; 8 vol. in-8 br.
9. Origine de tous les Cultes, par Dupuis. *Paris*, 1835 ; 8 vol. in-8 br. et atlas.
10. Histoire abrégée des Cultes, par Dulaure. *Paris*, 1825 ; 2 vol. in-8 br.
11. Dictionnaire de la Fable, par Noël. *Paris*, 1823 ; 2 vol. in-8 br.
12. Discours sur l'Histoire universelle, par Bossuet. 1835 ; 2 vol. in-8 br. *Portrait.*

13. Discours sur .. Histoire universelle, par Bossuet. *Paris, Curmer*, 1840 ; 2 vol. gr. in-8 br., *figures*.

14. Répertoire général des causes célèbres, par Saint-Edme. 14 vol. in-8 br.

15. PHILOSOPHIE. Cousin, Fragments philosophiques, 2 vol. — Bentham, Déontologie, 2 vol. — Kant, Principes métaphysiques, 2 vol. Critique de la Raison, 1 vol. Ens. 7 vol. in-8.

16. Histoire de la Philosophie, par H. Ritter, 1835-37, 4 vol. in-8 br.

17. Cours complet d'Éducation pour les filles, par Théry. *Paris, Hachette*, 1835 ; 14 vol. in-8 br.

18. De la Prostitution dans la ville de Paris, par Parent-Duchatelet. *Paris*, 1836 ; 2 vol. in-8 br.

19. OEuvres complètes de Buffon. *Paris, Pourrat*, 1835 ; 20 vol. in-8 br. et 2 vol. de *planches coloriées*.

20. Dictionnaire d'Histoire naturelle, par Guérin. 1838 et suiv.; 9 vol. gr. in-8 dem.-rel. et 2 vol. d'atlas *figures noires et coloriées*.

21. Histoire naturelle des Poissons, par de Lacépède. *Paris*, 1825 ; 5 vol. in-8 br.

22. Collection des mammifères du Muséum d'histoire naturelle de Paris. *Paris, Bance*, 1829 ; in-4 cart., non rog.

23. Le Jardin des Plantes illustré. *Paris, Dubochet*, 1842 ; gr. in-8 br.

24. Le Jardin des Plantes, etc. *Paris, Curmer*, 1842 ; 2 vol. gr. in-8 br. *Figures noires et coloriées*.

25. Histoire naturelle des Animaux sans vertèbres, par Lamarck. *Paris*, 1815-1822. 8 vol. in-8 br.

26. CUVIER. Discours sur les révolutions du globe. — Histoire des Sciences naturelles. 1841 ; 4 vol. in-8. — Lettres sur les révolutions du globe, par Bertrand. 1839; in-8. Ens. 5 vol.

27. CUVIER. Recherches sur les ossements fossiles, etc. *Paris*, 1835 ; 10 tomes en 20 parties, in-8 br., et 2 vol. d'atlas in-4 br.

28. Révolutions de la mer, déluges périodiques, par Adhémar. *Paris*, 1860 ; 1 vol. in-8 br. et atlas.

29. Recherches sur les volcans éteints du Vivarais et du Vélay, par Faujas de Saint-Fond. 1778, in-fol. d.-rel. mar. v. fig.

30. Cours complet d'Agriculture. *Paris, Pourrat*, 1842 ; 8 vol. — Introduction, 1 vol. et 1 vol. de planches. Ens. 10 vol. in-8 br.

31. La Maison rustique du XIXe siècle. 1835 ; 4 vol. gr. in-8 br.

32. Composition et ornements des Jardins. *Paris, Audot*, 1839 ; 1 vol. et atlas in-4 obl

33. AGRICULTURE. D'Albret. Taille des arbres fruitiers. — Boitard. Les instruments aratoires. — Duchesne. Répertoire des plantes utiles et des plantes vénéneuses. Ens. 3 vol. in-8 br., fig.

34. Prodromus systematis naturalis regni vegetabilis, par de Candolle. *Paris*, 1824-1839 ; 8 vol. in-8 br.

35. Système sexuel des végétaux, par Linné. 1810 ; 2 vol. in-8. — Le même ouvrage en latin. *Paris*, 1798 ; in-8 br.

36. Flore naturelle et économique des environs de Paris. 1803 ; 2 vol. in-8 br., fig.

37. Flore française, etc., par de Lamarck et de Candolle. *Paris*, 1805 ; 4 tom. en 5 vol. in-8, v. Rare.

38. Flore médicale, par Chaumeton. *Paris, Panckoucke*, 1814-1819 ; 8 vol. in-8, dem.-rel., *fig. coloriées*.

39. Histoire des champignons et comestibles vénéneux, par Roques. *Paris*, 1832 ; in-4 br. *Planches coloriées*.

40. Flore des Jardiniers amateurs et manufacturiers, extraite de l'herbier de l'amateur. *Paris, Audot*, 1836 ; 3 vol. br. in-4. *Planches coloriées*.

41. Phytographie. Traité des plantes usuelles (phytographie médicale), par Roques. *Paris, Cormon et Blanc,* 1835 ; 11 vol. in-8 et atlas de *planches coloriées.*

42. Morelot. Dictionnaire des drogues. 1817 ; 2 vol. in-8 br. — Histoire des drogues simples, par Guibourt. 1836 ; 2 vol in-8 br., ens. 4 vol.

43. Éléments de tératologie végétale, par Moquin-Tandon. 1841 ; in-8 br. — Leçons de botanique, etc., par de Saint-Hilaire. 1841 ; in 8 br.

44. Manuel d'Actinologie, par de Blainville. 1834, in-8 et atlas cart. n. rog.

45. Conchilyologie systématique, par Denis de Montfost. 1805 ; 2 vol. in-8 cart.

46. Traité de Géognosie, par d'Aubuisson de Voisins. *Paris,* 1828-35 ; 3 vol. in-8 br.

47. Traité de minéralog'e, par Dufrénoy. *Paris, Canilliar-Gœury,* 1845-46 ; 2 vol. in-8 et atlas en deux parties.

48. Notice du vert de Chine et de la teinture en vert chez les Chinois, par Natalis Rondot. *Paris,* 1858 ; in-8 br., fig.

49. Traité de minéralogie, par l'abbé Hauy. 4 vol. in-8 ; 1822. — Traité de cristallographie, par le même, 1822, 2 vol. in-8 br., ens. 6 vol. in-8 br. et 2 atlas in-4 oblong.

50. Exposition du système du monde, par de Laplace. *Paris,* 1824 ; in-4 br. *Portrait.*

51. Introductio in analysis infinitorum auctore, L. Eulero. 1797 ; 2 vol. in-4 cart.

52. Histoire des sciences mathématiques en Italie, par G. Libri. *Paris,* 1838 ; 2 vol. in-8 br.

53. Dictionnaire du commerce et des marchandises. *Paris, Guillaumin,* 1837 ; 3 vol. gr. in-8 br.

54. Dictionnaire des ménages, par Antony Dubourg. 1836 ; in-4 br.

55. Traité de l'office, par Étienne. 1845. — Le Conserva-
teur, par Appert. 1842. — Le Pâtissier royal, par
A. Carême. 1841 ; 2 vol. in-8 br., *figures.* Ens.
4 vol.

56. Cuisine (7 volumes, ouvrages sur la), par Gaubert,
Viart, etc.

57. Les Classiques de la table. *Paris,* 1843 ; in-4, d.-rel.
mar., v. *Portraits sur chine.*

58. CHASSE. 14 vol. modernes sur la chasse, par Elzéar
Blaze, — d'Houdetot, — de la Gironnière, — J. Gérard, etc.

59. Encyclopédie moderne. *Paris, Didot,* 1847 ; 27 vol.
in 8 br. et atlas.

60. Dictionnaire de l'Académie française. *Paris,* 1835 ;
2 vol. — Complément, 1847 ; 1 vol. Ens. 3 vol in-
4 rel.

61. Dictionnaire français, par Napoléon Landais. 1835 ;
2 vol. gr. in 8 d.-rel. v.

62. Grammaire de Napoléon Landais. *Paris,* 1835 ; gr. in-8
dem.-rel.

63. Lycée ou Cours de Littérature, par La Harpe. *Paris,*
Didot, 1821 ; 16 vol. in-8 br.

64. Cours de Littérature française, par Villemain. *Paris,*
Didier, 1841 ; 6 vol. in-8 br.

65. Les OEuvres de Fr. Rabelais, s. L. (à la sphère). 1666,
2 vol. pet. in-12, mar. rouge, tr. dor.

66. OEuvres complètes de Molière. *Paris,* 1830 ; 6 vol.
in-8 br.

67. OEuvres complètes de Molière. *Paris, Paulin,* 1835 ;
2 vol. gr. in-8 br., *figures.*

68. OEuvres de Racine. *Paris,* 1830 ; 6 vol in-8 br.

69. OEuvres de Boileau. *Paris,* 1830 ; 3 vol. in-8 br.

70. Fables de La Fontaine. *Paris, A. Aubrée,* 1839 ; 2 vol.
gr. in-8 br. *Portrait, figures.*

71. Contes et Nouvelles de La Fontaine. *Paris, A. Aubrée,* 1839; gr. in-8 br., fig.

72. Contes des Fées, de Perrault, illustrés par Gustave Doré. *Paris, Hetzel,* 1861 ; gr. in-fol. cart. toile dorée, *figures sur chine.*

73. Aventures de Télémaque, par Fénelon. *Paris, Bourdin,* 1841; gr. in-8 br., fig.

74. Histoire de Gil Blas, par Lesage, illustré par Gigoux, 1836; gr. in-8 br., *figures.*

75. Don Quichotte de la Manche, trad. par Louis Viardot. *Paris, Dubochet,* 1838; 2 vol. gr. in-8 br., *figures.*

76. Œuvres complètes de Voltaire. *Paris, Desoer,* 1817; 24 vol. in-8 br., *portrait.*

77. Œuvres complètes de Delille. *Paris, Furne,* 1832; 10 vol. in-8 br.

78. Corinne ou l'Italie, par Madame de Staël. *Paris,* 1841; 2 vol. in-8 br., *figures.*

79. Paul et Virginie, par Bernardin de Saint-Pierre. *Paris, Curmer,* 1838; gr. in-8, mar. brun, comp., tr. dor., *portrait, figures.*

80. Œuvres complètes de Millevoye. *Paris, Ladrange,* 1837; 2 vol. in-8 br., *figures.*

81. Messéniennes et Chants populaires, par Casimir Delavigne. *Paris, Furne,* 1840; gr. in-8 br., *figures.*

82. Œuvres de Casimir Delavigne. *Paris, Furne,* 1838; 6 vol. in-8 br., *figures.*

83. Œuvres complètes de Chateaubriand. *Paris, Pourrat,* 1835; 22 vol. in-8, d.-rel. v. bl., *figures.*

84. Chants et Chansons populaires de la France. *Paris,* 1843; 2 vol. gr. in-8 br., *figures.*

85. Mes Prisons, par Silvio Pellico, 1843; gr. in-8 br., *figures.*

86. Les Mystères de Paris, par Eugène Sue, 1844; édit. illustrée, 4 vol. gr. in-8 br.

87. Notre-Dame de Paris, par Victor Hugo. *Paris,* 1844;
gr. in-8 br.

88. Voyage où il vous plaira, illustré par Tony Johannot;
gr. in-8 br.

89. Œuvres complètes de Béranger. *Paris, Perrotin,* 1834;
4 vol. in-8 br. — Musique, 1 vol.; ens. 5 vol.

90. Œuvres complètes de George Sand. *Paris, Perrotin,*
1842; 16 vol. gr. in-18 br.

91. Barthélemy. Journées de la Révolution, in-8. — Né-
mésis, 2 vol. in 8. *Paris,* 1835; ens. 3 vol. in-8 br.,
figures.

92. Fables et Poésies choisies, par Pfeffel. *Strasbourg,* s. d.;
gr. in-8 br., *figures.*

93. Variétés littéraires, par M. de Sacy. *Paris, Didier,*
1858: 2 vol. in-8 br.

94. Les Français peints par eux-mêmes. *Paris, Curmer,*
9 vol. gr. in-8 br., *figures.*

95. Scènes de la vie privée des animaux, par Grandville,
1842; 2 vol. gr. in-8, *figures.*

96. Voyages de Gulliver, par Swift, illustrés par Grandville. *Paris, Furne,* 1838; 2 vol. in-8 br., *figures.*

97. Voyage sentimental de Sterne. *Paris, Bourdin,* gr.
in-8 cart., *figures de T. Johannot.*

98. Le Vicaire de Wakefield, par Goldsmith, trad. par
Ch. Nodier, avec le texte en regard. *Paris,* 1838, in-8,
mar. bl., fil., tr. dor.

99. Œuvres complètes de lord Byron. *Paris, Charpentier,*
8 vol. gr. in-18 br.

100. Œuvres complètes de Schiller. *Paris,* 1834; 6 vol.
in 8 br.

101. Roland furieux, trad. de l'Arioste, par Mazui. *Paris,*
1839; 3 vol. in-8 br. *figures.*

102. La Jérusalem délivrée, du Tasse, trad. par Philippon
de la Madeleine, 1841; gr. in-8 illustré, br.

103. Les Mille et Une nuits, trad. par Galland. *Paris, Pourrat*, 1837; 4 vol. gr. in-8 br. *figures*.

104. Les Mille et Un jours. *Paris, Pourrat*, 1814; gr. in-8 br.

105. Cours de Géographie, par Chauchard et Muntz, 1839; gr. in-8 br.

106. Abrégé de Géographie, par Malte-Brun. *Paris, Furne*, 1838; gr. in-8, d.-rel. v. f., *figures et cartes*.

107. Abrégé de Géographie, par A. Balbi. *Paris*, 1837. 1 vol. gr. in-8, en liv.

108. Atlas universel de Géographie ancienne et moderne, par Morin. *Paris*, 1837; gr. in-fol. cart.

109. Atlas historique, généalogique, etc.. par Lesage, in-fol. cart.

110. Atlas communal de la France, en 90 feuilles, par Charles. *Paris*, 1839; in-fol., d.-rel. v. ant.

111. UNIVERS PITTORESQUE. Grèce, 1 vol. — Suisse, 1 vol. — Allemagne, 2 vol. — Russie, 2 vol. — Suède et Norwège, 1 vol. — Italie, 1 vol. — Océanie, 3 vol. — Ens. 10 vol. in-8 br., *figures*.

112. L'Italie pittoresque. *Paris, Audot*, 1834; plusieurs parties en 4 vol. gr. in-8 br.

113. Bibliothèque générale des Voyages, par A. Montémont. *Paris, A. Aubrée*, 56 vol. in-8 br.

114. Voyage autour du Monde, par Dumont-d'Urville. *Paris*, 1834; 2 vol. gr. in-8 cart., n. rog., *figures*.

115. Voyage autour du Monde, par Lesson, 1838; 2 vol. gr. in-8 br.

116. Voyage autour du Monde, par J. Arago, 1839; 4 vol. gr. in-8 br.

117. Voyage du chevalier Chardin, en Perse; 10 vol. in-8 br., et Atlas in-fol. cart., n. rog.

118. Voyage en Asie et en Afrique, par Eyries. — Voyage dans les deux Amériques, par A. d'Orbigny; 2 vol. gr. in-8 br.

119. Voyage au Pôle sud, par Dumont-d'Urville. *Paris,
Gide,* 1846 ; 10 vol. in-8 br.

120. Voyage dans l'Afrique australe, par Delgorgue ; 2 vol.
in-8 br., *figures.*

121. Voyage dans les Mers du Nord, à bord de la corvette la
Reine-Hortense. *Paris,* 1857 ; gr. in-8 br., *figures.*

122. Histoire Universelle, par M. de Ségur. *Paris, Furne,*
1836 ; 12 vol. in-8 br.

123. L'Europe au moyen-âge, par Hallam, 1837 ; 4 vol.
in-8 br.

124. Précis de l'Histoire des Français, par Simonde de Sis-
mondi, 1839 ; 2 vol. in-8 br.

125. Histoire des Français, par Théophile Lavallée, 1838-
41 ; 4 vol. in-8 br.

126. Histoire de France, par Th. Burette. *Paris,* 1840 ;
2 vol. gr. in-8 br., *figures.*

127. Histoire de France, par Henri Martin, 1837 ; 15 vol.
in-8 br.

128. La même. Édition de 1840 (12 premiers vol.) in-8 br.

129. Histoire de Saint-Louis, par le Marquis de Villeneuve-
Trans. *Paris,* 1839 ; 3 vol. in-8°.

130. Histoire des ducs de la maison de Bourgogne, par de
Barante. *Paris,* 1837 ; 12 vol. in-8 br., et *Atlas de
figures.*

131. Mémoires du duc de Saint-Simon. *Paris, Delloye,* 1841 ;
40 vol. in-18 br., *portraits.*

132. Histoire de la régence et de la minorité de Louis XV,
par Lemontey. *Paris,* 1832 ; 2 vol. in-8 br.

133. Histoire de la Révolution française, par Thiers. *Paris,*
1832 ; 10 vol. in-8 br., suite de figures à part.

134. Histoire parlementaire de la Révolution, par MM. Bu-
chez et Roux. In-8 br.

135. Histoire de la Convention nationale, par Léonard
Gallois, 1844 ; 6 vol. in-8 br.

136. Mémoires de Mirabeau. *Paris,* 1834 ; 8 vol. in-8 br.

137. Histoire de Napoléon, par Norvins. *Paris, Furne*, 1833; 4 vol. in-8 br., *figures.*

138. Histoire de Napoléon, par Laurent de l'Ardèche, illustré par Horace Vernet. *Paris*, 1840; gr. in-8 br., *figures.*

139. Mémorial de Sainte-Hélène, par le comte de Las-Cases. *Paris, Bourdin*, 1842; 2 vol. gr. in-8 br., *figures.*

140. Mémoires de Mme la duchesse d'Abrantès. *Paris*, 1835; 12 vol. in-8 br.

141. Mémoires sur la Restauration, par Mme la duchesse d'Abrantès. 1835; 6 vol. in-8 br.

142. Histoire des Salon de Paris, par la duchesse d'Abrantès. 1837; 6 vol. in 8 br.

143. Mémoires de Fleury, de la Comédie Française, par Laffitte. 1836; broch. in-8 br.

144. L'Europe depuis l'avénement de Louis-Philippe, par Capefigue. *Paris*, 1846; 10 vol. in-8 br.

145. Histoire de Paris, par Touchard-Lafosse. *Paris*, 1834; 5 vol. in-8 br., *figures.*

146. Histoire de Paris, par Dulaure. *Furne*, 1837; 8 vol. in-8 br. et atlas, *figures.*

147. Histoire des Environs de Paris, par Dulaure. *Paris, Furne*, 1838; 6 vol. in-8 br., *figures.*

148. Histoire de la Marine française, par Eug. Sue. *Paris*, 1836; 5 vol. in-8 br., *figures.*

149. Histoire de la Marine française, par Eug. Sue. *Paris, Perrotin*, 1845; 4 vol. in-8 br.

150. A Thierry. Histoire de la Conquête de l'Angleterre. *Paris*, 1838, 4 vol. in-8 br. et atlas.

151. Histoire pittoresque de l'Angleterre, par de Roujoux. 1834; 3 vol. gr. in-8 br., *figures.*

152. Biographie universelle. *Paris, Furne*, 1834; 6 vol. in-8 en 12 livraisons br.

153. Vie des hommes illustres, par Plutarque, trad. par Ricard. *Paris*, 1834; 3 vol. in-8 br.

154. OEuvres complètes de Plutarque *Paris, Cussac*, 1801 ;
25 vol. in-8, v. rac., *figures de Moreau.*

155. Galerie historique ou Biographie historique de portraits. *Paris*, s. d.; 8 tom. en 4 vol. in-12, cart. tr. dor.

156. Dictionnaire des dates, par une Société de Gens de lettres. *Paris*, 1842; 2 vol. in-4 br.

157. Collection Panckoucke. Bibliothèque latine-française.
    1º OEuvres de Tacite. 7 vol. in-8 br.
    2º Mémoires de Jules-César. 3 vol. in-8.
    3º OEuvres de Cicéron. 18 vol. in-8 br.

158. Panthéon littéraire (de la collection du).
    1º Fleury. Histoire du Christianisme, etc. 7 vol.
    2º Anquetil. Histoire de France. 2 vol.
    3º Chroniques de Froissart. 3 vol.
    4º Rollin. Histoire ancienne. 3 vol. et atlas.
    5° Chroniques de Monstrelet, Phil. de Comines, etc.
    2 vol.

159. Collection Charpentier. Environ 100 vol. dont les auteurs suivants : Mme de Staël. — Saint-Marc Girardin. — Brillat-Savarin. — X. de Maistre. — Capefigue. — Silvio Pellico. — Ballanche. — Balzac. — Hoffmann. — A. de Musset. — Ch. Nodier. — C. Delavigne, etc.

LIVRES A FIGURES, ESTAMPES, ALBUMS, ETC.

160. Musée de Versailles avec texte par Théodose Burette. *Paris, Furne*, 1844; 3 vol. gr. in-4 br., *figures.*

161. Chefs-d'œuvres de peinture des musées d'Italie, de France, etc. 1842; in-8 cart., *figures.*

162. Promenades d'un artiste, Suisse, Tyrol et bords du Rhin. *Paris, Renouard*; 2 vol. in-8, d.-rel. v.

163. Recueil d'objets d'art et curiosités, dessinés d'après nature, par Jolimont et Cogniet. *Paris*, 1837; gr. in-fol. cart., n. rog.

164. Le Paradis perdu, de Milton, trad. par Châteaubriand, illustré d'après les dessins de Lemercier, Flatters, Mélin et Richomme. 1855; gr. in-fol. en feuille et en carton, *épreuve sur chine*.

165. Shakespeare des Dames. Galerie de trente portraits des principales héroïnes de Shakespeare. *Paris et Londres*, 1838; gr. in-8, mar. vert, compart. tr. dor.

166. Fisher's. Drawings Roome Scrap Book. *London*, 1839; in-4 cart. toile, tr. dor., *figures*.

167. Galeries des dames de Byron. *Paris, Goupil*, 1836; in-4, mar. roug., plaque, tr. dor., *figures*.

168. Paysages historiques et illustrations de l'Ecosse et des romans de Walter-Scott. *Londres, Fisher*; in-4, d.-rel., mar. br., tr. dor., *figures*.

169. La vieille Pologne, par Ch. Forster. *Paris*, 1836; gr. in-4 br.

170. Ports et îles de la Méditerranée. *Londres, Fisher*, in-4 br., *figures*.

171. La Syrie, l'Égypte, la Palestine et la Judée, etc., par le baron Taylor et L. Reybaud. *Paris*, 1837; 2 vol. in-4 br., dont 1 de planches.

172. Constantinople ancienne et moderne, par M. Th. Allom. *Londres, Fisher*; 2 vol. in-4 br., *figures*.

173. Voyage pittoresque dans la régence d'Alger, par Lessore. *Paris*, 1835; gr. in-fol. cart., *figures*.

174. Album. Vues de villes d'Europe et autres. *Paris, Lerebours*; in-fol. obl.

175. Keepsakes anglais et français. 5 vol. br. et rel., mar., tr. dor.

176. Divers albums et suite de figures.

GRAVURES EN FEUILLES, BELLES ÉPREUVES

DONT :

Prudhon. Enlèvement de Psyché.

Winterhalter. Portrait du duc d'Orléans.

Gérard. Corinne.

Paul Delaroche. Le Président Du Ranti.

Biard. Les Comédiens ambulants.

David. Le Serment du Jeu de Paume.

Steuben. La Esmeralda.

Murillot. L'Annonciation.

Jacquand. Gaston de Foix et Louis XI à Amboise.

Horace Vernet. Lénore. — Une Algérienne. — Campagne et Assant de Constantine. — Abraham renvoyant Agar. — Rebecca. Judith et Holopherne, etc.

Estampes diverses qui seront vendues en lots.

AU COMMENCEMENT DE LA VACATION

Environ 1000 volumes divers qui seront vendus en lots.

Papiers, Journaux, Brochures, Estampes diverses, etc., etc.

RENOU et MAULDE, imprimeurs de la Compagnie des Commiss^{rs}-Priseurs,
144, rue de Rivoli.   13792

www.ingramcontent.com/pod-product-compliance
Lightning Source LLC
LaVergne TN
LVHW010852180726
843502LV00010B/3857